AF466510

RÉFUTATION D'UN OUVRAGE

AYANT POUR TITRE:

De la Littérature, considérée dans ses Rapports avec les Institutions sociales; par madame DE STAEL-HOLSTEIN.

Prix 1. fr. et un franc 25 cent. fr de port.

A PARIS,

Chez les Marchands de Nouveautés.

FRUCTIDOR AN VIII.

RÉFUTATION D'UN OUVRAGE

AYANT POUR TITRE:

De la Littérature, considérée dans ses Rapports avec les Institutions sociales; par madame DE STAEL-HOLSTEIN.

LA littérature, quand elle est cultivée par des femmes, devrait toujours prendre un caractère aimable et doux comme elles. Il semble que leurs succès dans les arts, ainsi que leur bonheur dans la vie domestique, dépendent de leur respect pour certaines convenances. On veut, et c'est un hommage de plus qu'on rend à leur sexe, on veut en retrouver tout le charme dans leurs écrits, comme dans leurs traits et dans leurs discours. A ce prix, leur gloire est assurée, si elles montrent quelque talent; et même, après une tentative malheureuse, l'indulgence publique les excuse et les protège. Mais quand une femme paraît sur un théâtre qui n'est pas le sien, les spectateurs, choqués de ce contraste, jugent avec sévérité celle-là même qu'ils auraient environnée de faveur et d'hommages, si elle n'avait point changé sa place et sa destination. Telle est la cause qui explique l'amertume de certains jugemens, peu compatibles en apparence avec les mœurs et l'urbanité nationales.

Madame de Stael avait consacré son premier écrit à la gloire de Rousseau. Cet écrit obtint de justes éloges : on aima jusqu'à l'excès de l'enthousiasme qui se mêlait à ses jugemens. L'enthousiasme, en parlant de Rousseau, convenait au sexe de l'auteur et à son âge. Ce n'est ni aux femmes, ni aux jeunes gens à voir les défauts du peintre de la nouvelle Héloïse et de Sophie. Depuis ce tems, les essais de madame de Stael ne paraissent pas avoir réuni le même nombre de suffrages, soit qu'alors elle écrivît sous de meilleures inspirations, soit que maintenant on la juge avec moins d'équité, comme elle en paraît persuadée. « L'opinion, dit-elle, semble dégager les hommes de tous les devoirs envers une femme à laquelle un esprit supérieur serait reconnu : on peut être ingrat, perfide, méchant envers elle, sans que l'opinion se charge de la venger. N'est-elle pas *une femme extraordinaire ?* tout est dit alors, etc.» Il est difficile, après cet anathême, de juger *les femmes extraordinaires.* Heureusement celui qui écrit n'a jamais eu de rapports avec madame de Stael, et du moins il est à l'abri de tout reproche d'ingratitude et de perfidie.

Le nouveau livre qu'elle donne exigeait les plus vastes études et le goût le plus sûr. Voici son plan; c'est elle qui parle :

« Je me suis proposé d'examiner quelle est l'influence de la religion, des mœurs et des lois sur la littérature, et quelle est l'influence de la littérature sur la religion, les mœurs et les lois. Il me semble que l'on n'a point suffisamment analysé les causes morales et politiques qui modifient l'esprit de la littérature. »

La conception de ce plan est plus hardie que l'exécution n'en est facile. On ne pouvait le remplir qu'à l'aide de la méditation et du tems. Il fallait réunir à la connaissance approfondie de l'histoire, ce coup-d'œil observateur qui ne se trompe jamais sur le résultat des faits et sur leurs causes. Dans un ouvrage où tous les hommes illustres et tous les siècles sont jugés, leurs maximes et leur autorité ne devaient être contredites qu'avec la plus grande circonspection ; et les préjugés de quelques cercles, les opinions de quelques jours, des goûts de fantaisie, des paradoxes dictés par des affections ou des répugnances particulières, ne pouvaient être sérieusement opposés à des traditions antiques et universelles, à cette science des âges qui, dans les lettres et les arts comme dans la morale, est encore le guide le plus infaillible de la raison, du goût et du génie.

En parcourant ce livre, on est sur-tout frappé du peu d'accord que madame de Stael a mis entre le système qu'elle veut établir et les preuves dont elle veut l'appuyer. Ce système est la perfection successive et indéfinie de l'esprit humain ; et cependant elle se plaint à chaque page des progrès de la corruption universelle ! On l'entend même dénoncer plus d'une fois une conspiration toute récente, dirigée contre la supériorité de l'esprit et des lumières. Elle ressemble à ces philosophes dont parle Voltaire,

> Qui criaient *tout est bien*, d'une voix lamentable.

On dirait que cette *perfectibilité*, dont elle se fait l'apôtre, n'est qu'un jeu de son imagination, qu'une idée d'emprunt, ou du moins qu'une affaire de parti ; mais qu'elle est toujours convaincue, quand elle s'exprime dans un langage différent. Elle ne cesse de faire entendre alors les plaintes d'une ame blessée dans ses affections, dans ses vœux les plus secrets, et jusques dans son amour-propre, qu'elle ne déguise point. Elle juge avec la plus grande rigueur ses contemporains, dont elle désespère, en dépit de leurs progrès philosophiques : elle les enveloppe tous dans ses ressentimens contre ceux qui l'ont méconnue ; et c'est ainsi qu'il règne une contradiction perpétuelle entre les mouvemens de son ame et les vues de son esprit.

« Nous sommes, dit-elle, au plus affreux période de l'esprit public : l'égoïsme de l'état de nature, combiné avec l'active multiplicité des intérêts de la société, la corruption sans politesse, la grossiéreté sans franchise, la civilisation sans lumières, l'ignorance sans enthousiasme, etc. » Elle ajoute plus bas : « Un tel peuple est dans une disposition presque toujours insouciante. Le froid de l'âge semble atteindre la nation toute entière..... Beaucoup d'illusions sont détruites sans qu'aucune vérité soit établie : on est retombé dans l'enfance par la vieillesse, dans l'incertitude par le raisonnement. L'intérêt mutuel n'existe plus ; on est dans cet état que le Dante appelle l'*enfer des tièdes.* »

Mais quelle est donc cette époque *où nous sommes parvenus* , selon l'auteur, *au plus affreux période de l'esprit public ?* C'est précisément celle où , d'après le système de *perfectibilité* , les méthodes analytiques font disparaître toutes les erreurs , où la philosophie répand toutes les lumières , où la démonstration doit passer enfin des sciences exactes dans l'art de gouverner les hommes. Quoi ! dans un monument élevé à la gloire de la philosophie moderne , on ose dire en sa présence qu'elle a détruit toutes les illusions sans établir aucune vérité , et que l'excès du raisonnement n'a produit que l'excès de l'incertitude ! Ses plus terribles censeurs se permettraient à peine le langage de son nouveau panégyriste.

L'instinct chez les femmes juge mieux que le raisonnement. Madame de Stael n'a jamais plus de talent que lorsqu'elle abandonne son système ; et ce qu'elle sent est toujours plus vrai que ce qu'elle pense. Elle a beau vanter , avec effort, l'époque *où chaque jour* (1) *ajoute à la masse des lumières, où chaque jour des vérités philosophiques acquièrent des développemens nouveaux*; elle regrette plus d'une fois les tems où l'esprit humain, moins détrompé, laissait aux passions plus d'énergie, au sentiment plus de secrets et de délices, à l'imagination plus d'enchantemens. Elle vante l'héroïsme des vieux âges, et même elle avoue l'utilité des institutions religieuses. Tous ses vœux redemandent ce culte de l'amour que nos ancêtres vouaient aux femmes, et qu'elles obtenaient par les vertus autant que par la beauté.

Eh quoi! l'histoire et la réflexion ne lui ont-elles pas appris que cette exaltation dans les cœurs et les caractères, n'appartient pas aux siècles du calcul et du raisonnement? Quand tout désabuse, il est impossible de se passionner : quand tout est soumis à l'analyse phylosophique, tout perd son charme en perdant son mystère, et l'ame ne se plaît que dans les sentimens mystérieux et infinis. Des amans, des héros comme Tancrède, pour qui madame de Stael montre tant de prédilection, ne se

(1) Paroles de l'auteur.

rencontrent qu'à cette époque où les chevaliers s'engageaient sur le même autel, et par le même serment, à servir *Dieu et leur dame.* Ces deux noms, ces deux sentimens, confondus dans leurs cœurs, s'y gravaient éternellement. Si les Celtes, dont elle aime aussi les mœurs, honoraient les femmes avilies chez tant d'autres nations, c'est que pour eux les femmes étaient des êtres en quelque sorte divins; c'est qu'ils étaient persuadés que, si *la raison de l'homme vient de la vie et de la science, celle des femmes vient du ciel* (1). Quand on veut obtenir les effets, il faut donc rappeler les mêmes causes. Quand on veut diviniser l'amour et les femmes, quand on demande aux hommes des passions sublimes et des dévoûmens héroïques, il est inconséquent d'écrire en faveur de ces doctrines qui dessèchent l'ame et l'imagination. Il ne faut pas sur-tout exalter les sciences aux dépens des beaux-arts, et ne donner, dans l'*échelle progressive de l'esprit humain*, qu'une place inférieure aux poètes, pour mieux plaire à ceux qui s'appellent philosophes. Ils étaient poètes,

(1) *Voyez* les Mythologies des peuples du Nord, et les Mœurs des Celtes, par *Pelloutier*.

et non pas géomètres et chimistes, ceux qui firent tomber la terre aux genoux des grâces et de la gloire, de la vertu et de la beauté.

Les détails de cet ouvrage doivent participer aux défauts de l'ensemble. Des jugemens opposés et irréfléchis se retrouvent presque dans les mêmes chapitres. Les faits les mieux connus s'oublient ou se dénaturent; et les témoignages de l'histoire, comme l'autorité des anciennes poétiques, réfutent à chaque instant les opinions de madame de Stael. On est fâché que son imagination ait pris la peine de reproduire et d'embellir les fausses doctrines qui, depuis vingt ans, se multiplient en France et en Allemagne au profit de l'envie, de l'ignorance et du mauvais goût. Ce qu'il y a de plus exact dans la partie littéraire, est dû presque entièrement à la rhétorique de Blair, qui s'est montré plus juste et plus sage que d'autres critiques anglais, mais qui est encore très-aveuglé par les préventions nationales. Quant à la partie politique, elle est empruntée d'un livre intitulé *Political Justice*, par l'anglais *Godwin*. Ce livre n'a pas eu le même succès que le roman de *Caleb Williams*, parce qu'on n'y retrouve pas le même talent. Mais l'une et l'autre production portent l'empreinte de cet esprit chagrin, de cet orgueil séditieux qui, pour se venger de quelques prétentions humiliées, veut renverser de fond en comble toutes les institutions sociales, au nom de je ne sais quelle perfectibilité, dont rien ne garantit la certitude.

Avant de se livrer à toutes les discussions littéraires qu'exige l'examen de la poétique de madame de Stael, il est nécessaire d'apprécier enfin, et de réduire à sa juste valeur, ce systême de *perfectibilité* qu'elle revient encore proclamer au milieu de tant de larmes qui ne sont point taries, et sur tant de ruines et de tombeaux qui semblent offrir d'autres leçons à l'expérience. On réfutera, en lui répondant, quelques autres écrivains du même parti, qui ont mis plus de méthode dans leurs raisonnemens, mais qui n'ont guère mieux prouvé ce qu'ils voulaient établir.

Leur première erreur vient de ce qu'ils confondent sans cesse les progrès des sciences naturelles, avec ceux de la morale et de l'art de gouverner. Rien n'a pourtant moins de ressemblance. La géométrie, l'astronomie, la chimie, se développent graduellement par de longues observations, ou doivent leurs succès à des découvertes inattendues, comme celles de l'imprimerie, de la poudre à canon, de la boussole et des lunettes, dont les inventeurs sont même inconnus. Des procédés, des instrumens nouveaux, ont sans doute porté les sciences modernes à un degré qu'elles ne pouvaient atteindre autrefois. En faut-il conclure que, dans tout le reste, nous raisonnions avec plus de justesse que les anciens, parce que nous sommes meilleurs géomètres et meilleurs physiciens ? Non sans doute. Les découvertes qui, dans ce genre, assurent notre supériorité, sont plutôt dues à des événemens fortuits qu'à la raison perfectionnée. On dirait même que, pour mieux humilier l'orgueil de l'homme, elles ont été plus souvent accordées aux jeux de l'ignorance qu'aux spéculations du génie (1). Le tems et le hasard revendiquent toujours une partie de la gloire des sciences. C'est pour cela que la gloire des savans subit de siècle en siècle tant de variations, et qu'elle est souvent éclipsée par celle de leurs successeurs ; car on ne peut assigner de limites à la marche infinie du tems, et prévoir tous les effets de cette puissance capricieuse et inconnue que

(1) Témoins les deux jeunes enfans Zélandais, qui découvrirent, en jouant, le télescope.

nous appelons le hasard. Il faut le dire, au milieu d'un siècle si fier de ses connaissances, les créations les plus brillantes et les plus durables sont celles de l'éloquence et de la poésie. Leur pouvoir est établi sur le cœur de l'homme, qui ne change point. Elles participent à l'intérêt éternel de ses passions et de ses sentimens, qui ont le même caractère dans tous les âges. Alexandre vivait dans les plus beaux tems de la philosophie ancienne; il était l'élève de ce philosophe que toutes les sciences ont nommé leur maître, et cependant il se plaignait de n'avoir point un Homère. Sa grande ame avait deviné que les siècles et les héros doivent leur plus brillante renommée à ces arts touchans ou sublimes, dont le tems ne vieillit point les grâces et la beauté.

En second lieu, si les sciences ont fait des progrès incontestables, et si elles en doivent toujours faire, parce qu'elles seront toujours imparfaites et bornées, dirons-nous que le cœur humain doive aussi découvrir des vérités inconnues? Les notions du juste et de l'injuste sont-elles changées, depuis Socrate, comme le système d'Anaxagore, de Thalès et de Démocrite? La conscience a-t-elle une autre voix? obéira-t-elle à d'autres oracles? Certes, le grand ordonnateur n'abandonna point les vertus et la félicité de l'homme à la merci du hasard. Et que font aux vertus, à la morale, et par conséquent au bonheur qui n'existe point sans elles, toutes nos découvertes si vantées? Leur absence n'a point arrêté, durant trente siècles, la civilisation de plusieurs empires illustres qui sont parvenus au plus haut point de splendeur et de prospérité. La science des mœurs et des lois est fondée sur les premiers besoins de l'homme, sur ses affections les plus constantes, et sur ses intérêts les plus évidens. Cette science est née plus d'une fois par inspiration, comme tout ce qui est sublime, dans une grande ame ou dans une tête forte. Alfred-le-Grand et Charlemagne la possédèrent dans un siècle d'ignorance; et des siècles savans ne l'ont pas toujours connue.

Gardons-nous donc bien de calculer les progrès de la raison humaine et des institutions sociales, sur ceux des mathématiques et de la physique. Quelques arts ont donné à l'homme des bras et des yeux de plus pour remuer les corps ou pour atteindre les extrémités du ciel; mais ils n'ont point ajouté des ressorts à notre ame; ils n'ont point perfectionné l'instinct et découvert de nouveaux sentimens. On leur a fait un reproche contraire, qu'on n'a pas besoin d'admettre pour justifier les vérités précédentes. Il suffit de prouver que, dans tout ce qui ne concerne pas les sciences exactes, rien ne justifie l'orgueil de la sagesse moderne, quand elle se préfère à la sagesse de l'antiquité. Un jeune officier du génie disait un jour au fameux Vauban : « M. le maréchal, César ne serait qu'un écolier, s'il se trouvait devant les villes que vous avez fortifiées. — Taisez-vous, jeune-homme, répondit Vauban : César, dans quinze jours, en saurait plus que nous, dès qu'il aurait connu nos armes. Nos mains sont un peu plus adroites que les siennes, graces à des circonstances particulières, mais son intelligence était fort supérieure à la nôtre ». Ce mot de Vauban vaut mieux que toutes les discussions, et je le livre aux réflexions du lecteur.

Au reste, madame de Stael, en combattant pour la théorie de la *perfectibilité*, se trouve elle-même obligée de convenir que l'homme a promptement connu ce dont il avait un vrai besoin. *Une main divine*, dit-elle, *conduit l'homme dans les recherches nécessaires à son existence, et l'abandonne à lui-même dans les études d'une utilité moins immédiate*. Elle ne s'est pas apperçue qu'un tel aveu réduit à peu de chose les bienfaits d'une doctrine qui n'a été bien connue que dans le dix-huitième siècle. Nous verrons encore plus d'une fois que, pour la réfuter, il suffit de l'opposer à elle-même.

Quand des preuves de raisonnement on passe aux preuves historiques, cette *perfectibilité* sociale, due aux méthodes philosophiques, ne paraît pas avoir plus de fondement.

Il semble, en effet, que l'esprit du genre-humain ressemble à celui des individus : il brille et s'éclipse tour-à-tour. On suit les époques de son enfance, de sa jeunesse, de sa maturité, de sa vieillesse et de sa décrépitude. Une main cachée et toute-puissante ramène, dans le monde moral comme dans le monde physique, des événemens qui renversent toutes nos méthodes et trompent toutes nos combinaisons. Les Grecs du Bas-Empire étaient de grands raisonneurs et de subtils métaphysiciens. Leurs opinions métaphysiques, que nous méprisons aujourd'hui, ressemblaient pourtant à quelques autres fort admirées. Ils étaient fiers d'avoir recueilli toutes les lumières de l'ancienne Grèce, et celles de l'école d'Alexandrie. Dans les jours même de leur décadence, ils avaient vu naître des personnages très-savans, comme Photius, et des empereurs qu'on appelait philosophes, comme Léon (1). Ils avaient enfin l'usage de quelques arts que nous avons perdus (2), et qui supposent une industrie perfectionnée. Eh bien! ces peuples qui se croyaient si éclairés, furent la proie des hordes du Nord; et les plus grands ennemis de toutes les lumières, les descendans de Mahomet, sont venus répandre les ténèbres de l'ignorance sur ces mêmes contrées que les sciences et les arts avaient remplies de tant de merveilles. Quel philosophe connaît la cause à laquelle tient la destinée de nos arts et de nos sciences? Si une race de grands hommes ne s'était pas élevée dans le palais des rois fainéans, les Sarrasins, s'établissant au-delà des Pyrénées, n'auraient-ils pas détruit toutes les connaissances humaines dans les parties de l'Europe où elles sont aujourd'hui le plus répandues? Si le génie de la France n'avait point ramené des bords du Nil le héros qui doit la sauver, dans quelle barbarie l'aurait

(1) Ce Léon a laissé un ouvrage sur la Tactique, fort estimé, et traduit en français il y a trente ans.

(2) Le feu grégeois.

replongée

replongée le gouvernement abattu ! Que de faits semblables s'offrent en lisant l'histoire, et que de conséquences on peut en tirer contre ces *progrès nécessaires de l'esprit humain*, qui a suspendu sa marche, et qui a même rétrogradé à tant d'époques différentes !

Il s'offre même ici une observation frappante : c'est que, toutes les fois qu'on voit le rêve de la *perfection philosophique* s'emparer des esprits, et produire tant de controverses, les empires sont menacés des plus terribles fléaux. L'espèce humaine doit être affligée de grandes maladies morales, quand elle ne se confie plus qu'aux remèdes de l'avenir. Tout ce que nous remarquons aujourd'hui n'est pas nouveau. Le docte Varron comptait de son tems, si je ne me trompe, deux cent quatre-vingt-huit opinions sur le *souverain bien* ; et Varron fut témoin des fureurs de Marius, des proscriptions de Sylla, et des horreurs du triumvirat. Les mêmes recherches occupaient Celsus, Libanius, et tous les philosophes dont Julien était le chef et le protecteur. Mais toutes leurs méditations philosophiques ne purent s'opposer aux vices intérieurs, aux causes étrangères qui devaient bientôt détruire le vieux colosse de l'empire romain.

Je sais que le bon-sens et l'histoire n'en imposent guère à ceux qu'on réfute. Ils dédaignent l'expérience de l'histoire, et regardent le bon-sens comme la preuve d'un esprit vulgaire. Ils prétendent exclusivement à la profondeur; ils accusent tout bon esprit d'être incapable de les entendre; et rien n'est plus commode pour mettre à couvert leur orgueil et leur infaillibilité. Mais il est tems de leur prouver que cette doctrine, qu'ils croient si *profonde*, ne fut point celle des philosophes qu'ils admirent le plus eux-mêmes. Elle n'est que l'opinion d'un poète dont les écrits philosophiques ont assez peu d'importance à leurs yeux, et que madame de Stael caractérise en ces mots : *Il n'a fait dans la philosophie qu'accoutumer les hommes à jouer, comme les enfans, avec ce qu'ils redoutent. Il n'a point examiné les objets face à face, il ne s'en est point rendu le maître.* C'est pourtant cet homme qui n'a point vu les objets *face à face* (je rends à l'auteur ses expressions, qui lui sont toujours particulières, et qu'on ne peut contrefaire ou suppléer), c'est cet homme qui a répandu l'idée de la *perfectibilité*. Tout lecteur instruit a déjà nommé Voltaire. Condorcet, et ce témoignage n'est pas suspect, écrit lui-même que *Voltaire est un des premiers philosophes qui ait osé prononcer cette vérité si consolante, que depuis plusieurs siècles le genre-humain en Europe a fait des progrès très-sensibles vers la sagesse et le bonheur, et qu'il doit ces avantages aux progrès des sciences et de la philosophie.* Condorcet a pleinement raison en restituant à Voltaire ce genre de gloire.

Montesquieu avait cherché les causes de la dépopulation qu'il croyait appercevoir dans l'univers. Il ajoutait à la fin d'un de ses plus beaux chapitres : « Voilà, sans doute, la plus terrible catastrophe qui soit jamais arrivée dans le monde; mais à peine s'en est-on apperçu, parce qu'elle est arrivée insensiblement et dans le cours d'un grand nombre de siècles; ce qui marque un vice intérieur, un venin secret et caché, une maladie de langueur qui afflige la nature humaine. »

Voltaire, qui aimait les jouissances du luxe et l'éclat des sociétés civilisées, s'élève contre cette assertion de Montesquieu. « Quoi! dit-il dans ses Remarques sur l'Histoire, l'esprit de critique, lassé de ne persécuter que des particuliers, a pris pour objet l'univers! On crie toujours que le monde dégénère, et on veut encore qu'il se dépeuple ! On a beau dire, l'Europe a plus d'hommes qu'alors, et les hommes valent mieux. » Ce grand poète a tenu constamment le même langage.

Trente ans après, le marquis de Chastellux développa les mêmes idées dans un livre intitulé, *de la Félicité publique*. Ce livre, qu'on ne lit plus, fut pourtant très-loué de Voltaire, parce qu'il flattait son opinion, combattue alors par Mably et par Rousseau, dont tous les ouvrages accusaient l'esprit philosophique de corrompre les institutions sociales. A cette époque, tous les penseurs, tous les philosophes de profession, faisaient un crime à Voltaire de son ingénieuse plaisanterie du *Mondain*, qui n'est au fond qu'un extrait en vers charmans de tout ce qu'il y a de meilleur dans ces longues théories sur la *perfectibilité*. Voilà donc tous les sages de ces derniers tems, et le grave philosophe de Kœnigsberg (1) lui-même, qui ont pris quelques saillies de l'imagination brillante de Voltaire pour les vérités les plus profondes, et qui nous

(1) Kant.

répètent de l'air le plus sérieux, et avec la morgue la plus doctorale :

O le bon tems que le siècle de fer (1)!

J'en suis fâché; mais, en dernière analyse, c'est tout ce qui reste de leurs raisonnemens.

Que résulte-t-il de cette discussion? c'est que rien n'est plus frivole que tout ce qu'on veut nous donner pour important. C'est sur ce qui est et non sur ce qui doit être, sur des certitudes et non sur des possibilités, qu'il faut arranger le plan du bonheur général. Si ces philosophes se contentaient de jouir de leurs idées, *avec la conviction solitaire d'une méditation contemplative* (on sent bien que ces mots sont à madame de Stael); s'ils ne voulaient point appeler les passions de la multitude au soutien de leurs systêmes, rien ne serait plus innocent que tous ces jeux de l'esprit, que tous ces rêves de l'avenir dont les ames les plus arides et les plus désabusées ont besoin, même quand elles ne croient plus rien. Mais ces doctrines, qui veulent perfectionner la race future aux dépens de la race présente, ont bientôt l'ambition de parcourir le monde.

(1) Vers du *Mondain*.

Et que de ravages peuvent causer leurs diverses interprétations ! Celui qui parle sera sans doute accusé d'être l'ennemi des lumières et de la philosophie : on se trompera fort; mais il croit que, dans ce genre, tout dépend du choix et de l'usage. C'est des lieux élevés que doit partir la lumière : alors elle se distribue également, alors elle éclaire sans éblouir; c'est-à-dire qu'un gouvernement très-instruit doit mener la foule. Mais si la foule marchait en avant comme le veulent les novateurs, si ses mouvemens n'étaient pas contenus et dirigés avec la plus grande sagesse, nous retomberions dans l'anarchie et l'ignorance, au nom des lumières et des progrès de l'esprit humain : des exemples terribles l'ont prouvé.

Passons maintenant à la poétique de madame de Stael.

Il a fallu, pour le triomphe du systême de la *perfection progressive*, qu'elle plaçât les Romains au-dessus des Grecs. Elle donne, en effet, aux premiers une préférence marquée. Les Romains seuls excitent son enthousiasme, et les Grecs, *en disparaissant de la terre, ne laissent*, dit-elle, *que peu de regrets.* Ceux qui ont lu avec attention l'histoire grecque et romaine ; ceux qui font leurs délices de Plutarque, ne croiront pas, en étudiant ses parallèles, qu'Aristide soit si inférieur à Caton le censeur, Phocion à Caton d'Utique, Lycurgue à Numa, Thémistocle à Camille, Périclès à Fabius, et Cimon à Lucullus (1). Si on demande à madame de Stael la raison de ce goût exclusif, et qui lui est particulier, on sera bien plus surpris encore.

C'est qu'à Rome tout avait commencé par la philosophie, et que chez les Grecs tout n'avait commencé que par l'imagination. Je ne crois pas qu'on puisse avancer une proposition plus démentie par tous les faits dans ce qui concerne les Romains.

Madame de Stael a-t-elle oublié l'entrevue de Fabricius et de Pyrrhus, si bien racontée dans Plutarque ? On parlait devant le général romain d'une nouvelle philosophie qui se répandait en Grèce, et qui ôtait le gouvernement des affaires humaines à la providence des dieux. *O grand Hercule !* s'écria Fabricius, *que Pyrrhus et les Samnites épousent cette secte pendant qu'ils feront la guerre aux Romains !*

Et qu'on ne dise pas que cette haine des

(1) *Voyez* les Vies de Plutarque.

Romains pour la philosophie n'était dirigée que contre la doctrine d'Epicure : le vieux Caton ne voulut-il pas renvoyer de Rome Carnéades, Diogène et Critolaüs, trois philosophes grecs députés au Sénat, pour qu'ils n'eussent pas le tems d'infecter les esprits de leurs opinions ?

Qui ne sait pas, ou du moins qui ne savait pas, après quelques études bien faites dans le dernier des colléges détruits, que la philosophie avait paru fort tard dans l'ancienne Rome et vers la décadence de la République? Cicéron se plaint, dans ses traités philosophiques, de ne point trouver de terme dans sa langue pour exprimer des idées très-familières aux philosophes de la Grèce.

Mais poursuivons.

La littérature romaine, dit l'auteur, est la seule qui *ait commencé par la philosophie*. Non, elle a commencé par la poésie, comme toutes les autres. Ennius, Accius et Pacuvius ont précédé tous les philosophes. Cicéron lui-même avait composé le poëme de Marius avant d'enseigner à ses compatriotes tout ce qu'il avait appris dans le Lycée, l'Académie et le Portique.

Les conséquences que tire madame de Stael

d'un fait qui n'existe pas, ont la même singularité. Les Romains, dans leurs mœurs et leur littérature, ont, dit-elle, *plus de vraie sensibilité que les Grecs*, et cela parce qu'ils ont commencé par la philosophie.

Les Romains ont plus de sensibilité que les Grecs! Et pourquoi donc, dira tout homme de sens et de goût à madame de Stael, les Romains n'ont-ils jamais réussi dans le genre qui exige le plus de sensibilité, dans la tragédie? Madame de Stael se fait cette objection, et sa réponse est digne du reste.

« On ne pouvait (c'est elle qui parle) transporter à Rome l'intérêt que trouvaient les Grecs dans les tragédies, dont le sujet était national. Les Romains n'auraient point voulu qu'on représentât sur le théâtre ce qui pouvait tenir à leur histoire, à leurs affections, à leur patrie. Un sentiment religieux consacrait tout ce qui leur était cher. Les Athéniens croyaient aux mêmes dogmes, défendaient aussi leur patrie, aimaient aussi la liberté; mais ce respect qui agit sur la pensée, qui écarte de l'imagination jusqu'à la possibilité des actions interdites, ce respect qui tient, à quelques égards, de la superstition de l'amour, les Romains seuls l'éprouvaient pour les objets de leur culte. »

Madame de Stael établissait tout-à-l'heure comme principe un fait qui n'existe pas; elle contredit maintenant un fait qui existe. Elle va s'en assurer elle-même. On prend la liberté de lui citer Horace, puisqu'elle rapporte souvent le texte des auteurs latins. Horace dit positivement que les Romains ont représenté leurs propres aventures sur le théâtre; et de plus, il les en félicite.

Nil intentatum nostri liquere poetæ;
Nec minimum meruere decus, vestigia græca
Ausi deserere, et celebrare domestica facta;
Vel qui prætextas, vel qui docuere togatas.

On peut voir, à propos du dernier vers, dans les Remarques du savant Dacier, que les Romains avaient non-seulement exposé sur le théâtre les aventures de leurs personnages héroïques, mais jusqu'aux événemens de la vie commune. Ils connaissaient en quelque sorte le drame comme la tragédie.

On est étonné de tant d'idées disparates en si peu de pages, car on n'est qu'au commencement du premier volume; mais la surprise augmentera bien davantage.

Ce qui paraît animer madame de Stael contre les Grecs, c'est qu'ils n'ont point connu l'amour ; *c'est qu'on ne trouve point de véritable sensibilité dans leur poésie*; c'est qu'enfin chez eux les femmes n'ont point eu d'influence.

Nous examinerons les deux premiers reproches contre lesquels s'élèvent de toutes parts les amis de la nature et de l'antiquité ; mais quant au dernier, qui touche le plus madame de Stael, hâtons-nous d'appaiser ses ressentimens. Il est certain qu'on voyait plus souvent les femmes dans le cabinet de Périclès et d'Alcibiade qu'autour des chaises curules où siégeaient les pères conscrits.

Sait-on pourquoi les Grecs n'étaient pas sensibles, selon madame de Stael ? *C'est que le genre-humain n'avait point atteint l'âge de la mélancolie !* Ce trait passe tous les autres cités jusqu'ici. Ne semble-t-il pas qu'il y ait eu pour le genre-humain un âge de la gaîté, comme on veut qu'il y en ait un de la *mélancolie ?* Hélas ! a dit un de nos plus aimables poètes,

> En tout tems l'homme fut coupable,
> En tout tems il fut malheureux.

Mais il fallait bien trouver quelques causes de l'infériorité prétendue des Grecs ; et la voilà.

Madame de Stael assure qu'il n'y a rien de grand et de philosophique sans *mélancolie*. Elle annonce en même-tems qu'elle est très-*mélancolique :* elle n'aime fortement que les auteurs qui ont ce caractère. On ne sait trop pourtant si elle s'est fait une véritable idée de la *mélancolie ;* car elle semble avoir du penchant pour Sénèque, comme plus *mélancolique* que Cicéron. Le plus grand nombre de ses jugemens ressemble à celui-là. Il faut donc s'entendre avec elle sur la *mélancolie* , puisqu'elle ne paraît pas avoir bien défini ses propres *sensations , malgré l'analyse philosophique.*

La mélancolie rêve beaucoup, et parle peu. Elle se tient à l'écart, et ne cherche point la foule. Elle jouit en silence de ses plaisirs et de ses chagrins, ou ne les confie qu'à l'oreille de l'amour et de l'amitié. Elle ne se connaît point elle-même. Son charme se laisse appercevoir sans qu'elle y songe. Elle craint surtout de rencontrer ces lieux où l'ambition inquiète prête l'oreille à tous les vents de l'opinion, de la faveur et de la renommée. Tout le monde enfin aime la *mélancolie* , car elle n'est jamais bruyante, amère et chagrine; mais toujours paisible, douce et touchante.

Malgré toutes ces observations qui ne sont que trop justes, il faut convenir que plusieurs chapitres méritent des éloges, entr'autres ceux sur le christianisme et l'invasion des peuples du Nord. On indique d'avance les parties louables pour se dédommager des critiques qu'exigent le goût et la raison, mais qu'on ne voit tomber qu'à regret sur le livre d'une femme célèbre et si recommandable à tant d'égards.

Les bons critiques, dans tous les tems, ont voulu rappeler leurs contemporains à l'imitation de l'antiquité. C'est en respectant ses leçons qu'ils prouvent le mieux la vérité de celles qu'ils nous donnent. Les plus grands génies modernes ont regardé les anciens comme leurs maîtres. Un préjugé défavorable s'élève toujours contre les écrivains qui n'accordent pas la même admiration à ces monumens augustes, devant qui se sont prosternés tous les siècles et tous les talens. Si, au lieu de se passionner pour ces chef-d'œuvres admirés d'âge en âge, on veut affaiblir l'enthousiasme qu'ils inspirent ; si on leur oppose quelques-unes de ces productions barbares que les hommes de goût ont généralement condamnées, il est presque sûr qu'on n'a point reçu de la nature cette sensibilité dans les organes, et cette justesse dans l'esprit, sans lesquelles on ne peut bien parler des beaux-arts.

Jusqu'ici tous ceux qui les aiment avaient tourné leurs regards vers la Grèce comme vers leur patrie naturelle. L'imagination des poètes, ainsi que celle des artistes, aimait à parcourir les ruines d'Athènes, et cherchait l'inspiration autour des tombeaux d'Homère et de Sophocle. On nous apprend aujourd'hui que ce n'est point dans le climat le plus favorisé de la nature, chez le peuple le plus sensible, dans la plus belle de toutes les langues, que l'esprit humain a créé le plus de prodiges. C'est dans les montagnes de l'ancienne Calédonie, c'est dans les forêts habitées par les descendans d'Arminius, que se trouvera désormais le modèle *du beau*, et de je ne sais quel nouveau genre supérieur à tous les autres, qu'on appelle *mélancolique et sombre : genre particulier à l'esprit du christianisme, et qui pourtant est très-favorable aux progrès de la philosophie moderne*. Ces opinions si étranges et si contradictoires forment un des principes fondamentaux de la poétique de madame de Stael. Avant de les réfuter, je me permettrai de faire quelques observations à ceux qui défendent son livre en l'honneur de la philosophie, et qui, dans ce moment, ne s'apperçoivent pas de leur méprise.

S'il est une opinion généralement admise par les philosophes modernes, c'est que l'imperfection de nos langues est le plus grand obstacle aux développemens de l'esprit humain, et qu'à l'aide d'une langue bien faite, il reculerait toutes ses bornes connues. Or, je lis dans un des écrivains les plus vantés, ces propres mots : *Que ne peut-on faire renaître cette belle langue grecque, dont le mécanisme est si parfaitement analytique!* Je lis dans un autre, *que le système de la langue grecque fut conçu par des philosophes et embelli par des poètes.* Et madame de Stael soutient à son tour que les Grecs, malgré la perfection de leur idiôme, n'ont fait que *commencer la civilisation du monde; qu'ils ne pouvaient aller très-loin, parce qu'il leur manquait ce qu'on ne peut devoir qu'aux sciences exactes, la méthode, c'est-à-dire l'art de résumer.*

Il faut nécessairement que la philosophie, ou madame de Stael se trompe : il faut que l'esprit humain, malgré la philosophie, puisse rester encore dans l'enfance avec une langue *parfaitement analytique*; ou qu'il se soit très-développé, malgré madame de Stael, chez un peuple qui possédait une langue aussi parfaite. On propose ce dilemme à tous ceux qui ne cessent de vanter les progrès de la méthode et de la bonne dialectique : on les supplie de faire ce qu'ils conseillent, et de joindre quelquefois l'exemple au précepte.

Madame de Stael semble avoir entrevu la force de cette objection; aussi, dans son embarras qu'elle ne peut dissimuler, elle se hâte de nous apprendre que *les Grecs ne doivent point être considérés comme des penseurs aussi profonds que le ferait supposer la métaphysique de leur langue. Ce qu'ils sont, c'est poètes*, etc. etc.; et l'on a déjà vu que ce titre est peu de chose devant la philosophie de madame de Stael.

Mais ici, les inconséquences redoublent encore. Elle avoue, contre son propre systême, qu'on peut avoir des langues *parfaitement analytiques* sans le secours des philosophes, (je me sers toujours des expressions de ceux que je combats), et qu'enfin les poètes seuls ont créé le plus merveilleux instrument de la pensée.

On ne doit pas s'étonner, j'en conviens, que cette marche rigoureuse à laquelle il faut

assujétir

assujétir ses idées et son style dans les ouvrages de raisonnement, fatigue bientôt l'imagination mobile des femmes; elles seraient peut-être moins aimables en raisonnant avec plus de justesse. « La vive et trop fière Comala, dit un vieux Barde, veut se couvrir de l'armure des guerriers; elle tremble sous ce poids trop pesant, et sa faiblesse l'embellit. » Madame de Stael aime les poésies perses. Ce passage lui sera sans doute connu.

Mais ce qui doit surprendre davantage, c'est qu'une femme pleine d'esprit, écrivant sur la poésie et l'éloquence, méconnaisse leurs véritables principes, et semble ne goûter que faiblement leurs plus beaux ouvrages.

Tout était intéressant, animé, poétique, dans la religion, les mœurs et les usages des peuples de la Grèce; et c'est une des causes de leur supériorité pour les arts qui demandent l'accord d'une imagination et d'une ame sensibles. Madame de Stael, qui ne veut pas voir cette supériorité, trouve dans les causes même qui l'établissent des raisons de la nier. Je vais rapporter ses paroles:

« Il existait un dogme religieux pour décider de chaque sentiment; on ne pouvait refuser la pitié à qui se présentait avec une branche d'olivier ornée de bandelettes, ou qui tenait embrassé l'autel des dieux. De semblables croyances donnent une élégance poétique à toutes les actions de la vie ; mais elles bannissent habituellement ce qu'il y a d'irrégulier, d'imprévu, d'irrésistible dans les mouvemens du cœur ».

Quoi ! lorsque l'innocence opprimée embrasse la statue d'un dieu protecteur, trouvera-t-elle des paroles moins éloquentes pour attendrir ses juges ? Et même avant qu'elle ait ouvert la bouche, ne sort-il pas du fond du sanctuaire une voix qui semble crier grace ou vengeance au nom du juge qui cite tous les autres à son tribunal ? Si Coriolan paraît tout-à-coup dans la tente du Volsque étonné ; s'il touche, avant de rompre le silence, l'image des pénates hospitaliers, produira-t-il un effet moins *irrésistible* en criant : *Je fus ton ennemi, je deviens ton hôte ? Je te servirai contre les Romains, comme je les ai servis contre toi : donne-moi une épée, et marchons contre Rome.* Les hommes les plus rapprochés de la nature, les hommes les plus passionnés, ont toujours employé cette langue des signes, cette éloquence muette, dont la parole ne peut égaler toute l'énergie. En effet, la parole est toujours bornée; mais l'imagination, qui est infinie, attache aux signes, aux gestes, aux symboles qu'elle explique à son gré, des expressions infinies comme elle.

Madame de Stael croit que les dogmes religieux rappelés dans tous les actes de la vie humaine, *gênent les mouvemens de l'ame*. Les grands poètes ne pensent pas comme elle; il faut se borner dans le choix des exemples, je n'en citerai qu'un seul.

Andromaque, exilée en Epire, invoque les mânes d'Hector près d'un tombeau de gazon qu'elle lui a dressé de ses mains au fond d'un bois sacré. Elle y verse des libations, elle y dépose les dons funèbres. Tout ce qui l'entoure la rappelle à sa douleur. Elle a nommé les ruisseaux voisins *le Simoïs* et *le Xante*. Elle a figuré plus loin les portes de Scée, où son époux la quitta pour la dernière fois. Au moment même Enée paraît: Andromaque croit voir revenir Enée de ce monde inconnu où le héros qu'elle pleure habite et l'attend; elle ne jette qu'un cri: *Hector ubi est? Où est Hector?* Sa voix expire, et elle tombe évanouie. Je ne crois pas que le sentiment ait jamais fait entendre un cri plus sublime que ces trois mots d'Andromaque. Mais à quoi tient leur effet? A tout ce qui les a précédé. Si elle n'offrait point un sacrifice au tombeau de son époux ; si le poète ne l'avait pas entourée des tableaux de la mort et des perspectives de l'immortalité ; s'il ne l'avait pas d'avance placée entre la terre et le ciel, entre le monde où elle a perdu Hector et le monde où elle veut le rejoindre, ce mouvement de son ame serait-il aussi vrai, aussi naïf, aussi éloquent? Mais elle voit Hector toujours vivant sous cette tombe qu'elle embrasse; elle le croit dans l'Elysée, d'où reviennent quelquefois les ombres heureuses : on n'est plus surpris qu'elle interroge Enée avec toutes les illusions de l'espérance et de l'amour. Voyez comme toutes les images, les cérémonies, les croyances religieuses, les dieux de Troie qui ont été vaincus, et les dieux infernaux qui ne peuvent l'être, ajoutent à l'intérêt! Comparez à de semblables beautés les poésies morales et philosophiques auxquelles madame de Stael veut nous réduire, et jugez ! Plusieurs volumes des poètes anglais et allemands qu'elle loue avec tant d'exagération, ne valent pas sans doute cette scène admirable contenue dans quelques vers du troisième livre de l'Enéide.

Je crains qu'elle ne juge pas mieux le caractère des Grecs que leur poésie. *Elle est sans cesse frappée de ce qui leur manque relativement aux affections du cœur; les fils même*, suivant elle, *respectaient à peine leur mère.*

On se rappelle le moment où Pénélope, dans l'Odyssée, se montre couverte d'un voile, au milieu de la salle où sont réunis les princes qui se disputent sa main. Son fils Télémaque lui représente que les assemblées où se traitent les affaires sont faites pour les hommes, et qu'elle doit reprendre ses toiles, ses fuseaux, ses laines et ses occupations domestiques. Elle sort, en admirant la sagesse de son fils. Cette naïveté des siècles héroïques révolte beaucoup madame de Stael. Mais la place de chaque sexe n'était point alors confondue; tous deux connaissaient leurs devoirs et s'y conformaient. Bien loin que cette remontrance de Télémaque prouve que *les fils ne respectaient pas leur mère*, elle atteste qu'ils étaient prêts à les *défendre* au moindre outrage; car Télémaque, encore très-jeune, brave déjà toutes les menaces des prétendans. La réponse même de Pénélope réfute suffisamment cette critique : elle admire la sagesse de son fils. Une femme de nos tems modernes ne ressemble pas sans doute à la femme d'Ulysse. Mais

Fénélon, Racine, Pope, Adisson, et beaucoup d'autres, aimaient cette simplicité qui n'est point contraire aux *affections du cœur*, puisque Homère a peint sous des traits fort touchans celle de Télémaque pour sa mère. On trouve encore dans quelques contrées un reste de ces mœurs primitives, et ce n'est point là qu'on remarque le moins de force et de vivacité dans les mouvemens de la nature.

Ces Grecs qu'on accuse de n'être point assez sensibles, parce qu'ils n'étaient point assez philosophes, ont donné les plus beaux modèles de l'amour filial et fraternel dans Antigone, de l'amour conjugal dans Pénélope et dans Alceste. Les cris les plus pathétiques qu'ait encore fait entendre l'amour maternel, sont sortis du cœur des Mérope, des Clytemnestre et des Andromaque. En un mot, ce peuple etait si susceptible d'attendrissement, que, malgré son amour extrême pour la liberté et sa haine pour la monarchie, il respectait, il déplorait l'infortune jusques sur le trône même. Il peignait souvent des rois humiliés par la destinée, mais ce n'était pas pour outrager le malheur ; c'était pour donner de grandes leçons à la puissance trop confiante et trop aveugle ; c'était pour attacher les hommes obscurs à leur vie paisible, et pour effrayer utilement la fortune et la prospérité : toutes leurs tragédies en sont la preuve.

Eschyle, à-la-fois soldat et poète, Eschyle, l'un des plus ardens républicains du siècle et de l'état le plus libre de la Grèce, n'insulte pas une seule fois, dans sa *tragédie des Perses*, aux désastres de Xercès. Il montre ce prince revenant seul et désespéré dans la capitale de son empire ; il ne lui reste plus de ses vastes armemens qu'un carquois vide et son arc brisé ; il gémit et déchire ses vêtemens. Ses sujets pleurent autour de lui : ils l'interrogent avec effroi. *Ah! le courage des Grecs ne m'était pas connu*, s'écrie-t-il ; *c'est une nation pleine de valeur ; je l'ai éprouvé contre mon attente !* Quelle grande idée cet aveu de Xercès donne du peuple vainqueur ! et que le poète eût diminué la gloire nationale, s'il eût prodigué les invectives contre l'ennemi vaincu ! Combien Eschyle relève au contraire la dignité de la Grèce, en ménageant celle du trône et du malheur ! Combien il rend la liberté plus auguste, en la montrant si généreuse et même si compatissante pour un roi dont elle a triomphé ! Voilà, si je ne me trompe, les beautés éminemment propres au génie républicain ; et, pour le dire en passant, ce génie est bien peu connu des hommes qui s'alarment ou s'irritent toutes les fois qu'on veut répandre aujourd'hui des idées et des sentimens de la même nature.

A force de vouloir s'écarter des opinions reçues, on accumule des paradoxes bizarres ; quand on a pris une fausse route, on tombe d'erreurs en erreurs et d'obscurités en obscurités ; on finit enfin par ne plus s'entendre soi-même.

« Le malheur, chez les Grecs, dit-on dans cette nouvelle poétique, offrait aux peintres de nobles attitudes, aux poètes des images imposantes.... Mais ce qu'on représente de nos jours, ce n'est plus seulement la douleur offrant un majestueux spectacle ; *c'est la douleur dans ses impressions solitaires, sans appui comme sans espérance ; c'est la douleur telle que la nature et la société l'ont faite.* »

Que veut-on dire en assemblant des expressions aussi singulières ? La douleur n'est-elle pas toujours le résultat des maux causés par la nature et par la société ? N'est-elle pas *faite* aujourd'hui comme elle l'était autrefois ? Et, pour parler le langage de l'auteur, où peigniton jamais mieux que dans le sujet de Philoctète, la douleur abandonnée à *ses impressions solitaires?*

Madame de Stael, toujours inspirée par le même esprit philosophique, prétend que les fables anciennes ne doivent plus entrer dans la poésie moderne. Je conviens avec elle qu'un grand nombre d'images mythologiques fut employé jusqu'au dégoût; mais qu'elle y prenne garde! celles-là sont toujours dédaignées par le talent, et ne se trouvent que dans les vers de la médiocrité. Il est un merveilleux qui plaît à l'ame et à la pensée, en même-tems qu'il amuse l'imagination; c'est le premier de tous; c'est le seul dont l'effet soit durable et universel. Le grand peintre Homère est plein de ces belles fables, qui sont des emblêmes vivans de la nature ou des passions humaines : telle est la ceinture de Vénus, la chaîne où Jupiter suspend les hommes et les dieux, etc.; tel est, dans un autre genre, le tableau du Xante et du Simoïs personnifiés, et déchaînant tous leurs flots contre Achille pour défendre les murs de Troie. De pareilles fables sont une image frappante et embellie des réalités. La mythologie ancienne offre une source inépuisable de beautés du même ordre à ceux qui sauront l'étudier en philosophes et en poètes, c'est-à-dire, en la commentant avec Homère et Platon. Le poète vulgaire raconte des fables qui ne sont que des chimères; mais le génie peut encore trouver dans le système religieux des Grecs une foule de ces fictions heureuses qui sont des vérités.

Les badinages d'Anacréon lui-même trouvent aussi peu de grace devant madame de Stael, que les tableaux sublimes d'Homère. *Anacréon*, dit-elle, *est de plusieurs siècles en arrière de la philosophie que comporte son genre.* Ah! quelle femme digne d'inspirer ses chansons, s'est jamais exprimée de cette manière sur le peintre de l'amour et du plaisir! *Anacréon en arrière de la philosophie!* quel extraordinaire jugement! Il a sans doute connu la philosophie aimable que *comporte son genre*, celui qui donne son nom depuis deux mille ans à toutes les chansons de la joie et de la volupté. Je crois avoir vu dans une des lettres originales d'Héloïse, qu'elle lisait quelquefois avec Abailard les vers d'Anacréon et de Tibulle, et que cette lecture augmentait son amour. Mais madame de Stael, qui vient de nous dire que la douleur n'est plus *faite* comme autrefois, soutiendra peut-être que l'amour a beaucoup changé depuis Héloïse, et que l'art de plaire et d'aimer n'est plus le même. Je la prie de nous dire si dans ce genre il faut croire au systême de la *perfectibilité*.

On sent bien que, si les poètes de la Grèce sont si maltraités, les philosophes et les historiens obtiennent encore moins de faveur au tribunal du nouveau critique. Les historiens sur-tout sont jugés avec une rigueur qu'on trouverait inexcusable de la part d'un homme qui les aurait lus avec attention. Mais, pour l'honneur du goût de madame de Stael, on s'apperçoit très-vîte qu'elle prononce sur parole, et qu'elle ne connaît pas les écrivains dont il est question. Ecoutons l'arrêt qu'elle rend contre eux, et lisons le passage qui les concerne.

« Ils n'approfondissent point les caractères, ils ne jugent point les institutions; ils marchent avec les événemens, ils suivent leur impulsion, ils ne s'arrêtent point pour les considérer. On dirait que, nouveaux dans la vie, ils ne savent pas si ce qui est pourrait exister autrement. Ils ne blâment ni n'approuvent; ils transmettent les vérités morales comme les faits physiques, les beaux discours comme les mauvaises actions, les bonnes lois comme les volontés tyranniques, sans analyser ni les caractères ni les principes. Ils vous peignent, pour ainsi dire, la conduite des hommes comme la végétation des plantes, sans porter sur elles un jugement de réflexion ».

C'est Hérodote, sans doute, qu'on prétend désigner. Ils serait facile de prouver, avec ses seuls ouvrages, que les historiens grecs sont remontés plus d'une fois aux causes des événemens, aux principes des institutions, aux origines des lois et des peuples. Les vérités morales sortent en foule de leurs narrations et de leurs tableaux. Mais si l'autorité d'Hérodote ne paraît pas suffisante aux détracteurs de l'antiquité, on ne contestera pas du moins cette espèce de mérite à Thucidide. Madame de Stael ne fait pas la moindre mention de cet historien si philosophe, au jugement de Cicéron, et qui fut le maître de Démosthènes et de Tacite. Peut-elle connaître aussi peu les faits, les époques et les écrivains qu'elle veut juger? Eh quoi! n'a-t-elle jamais lu dans Thucidide le récit des malheurs et des factions qui désolaient Corcyre? Y eut-il jamais un tableau plus instructif et plus éloquent des fureurs de l'anarchie? Et si elle connaît ce morceau sublime, et tant d'autres, comment ne trouve-t-elle pas des pensées profondes et des résultats philosophiques dans les historiens de la Grèce?

Une nouvelle contradiction frappe le lecteur dans les chapitres suivans sur la littérature romaine. L'auteur nous y dit que, pour bien écrire l'histoire, la philosophie n'est point nécessaire. Et pourquoi donc reprocher aux Grecs d'en avoir manqué? Que deviendront alors tant d'histoires qu'on intitule *philosophiques*, si ce jugement est véritable?

J'ose soutenir, contre madame de Stael, que les bons historiens ne sont jamais dénués de philosophie. Il est trop singulier que, dans un ouvrage destiné à son éloge, on convienne qu'elle est inutile aux grands poètes, aux grands orateurs et aux grands historiens : c'est lui enlever ses plus beaux titres de gloire. Mais par quel motif ne veut-on pas que l'histoire participe à l'influence de la philosophie? On l'avoue naïvement, *c'est que l'infériorité des historiens modernes serait contradictoire avec la progression de l'intelligence humaine*. Ainsi donc, l'auteur cache, altère ou nie les faits à sa fantaisie, pour soutenir ses opinions du moment; il abat sans cesse ce qu'il vient d'élever, et relève ce qu'il vient d'abattre, sans jamais s'appercevoir de ces éternelles distractions.

Madame de Stael parcourt successivement les époques de la littérature ancienne et moderne ; elle cherche à marquer le différent caractère des ouvrages qu'elles ont vu naître, depuis les chef-d'œuvres de la Grèce et de Rome jusqu'aux essais encore informes du génie allemand. Les quatre âges de Périclès, d'Auguste, de Léon X et de Louis XIV, lui paraissent très-inférieurs au nôtre dans ce qu'il y a de plus important, la raison et la philosophie. Le siècle où nous vivons surpasse seul tous les précédens, et les esprits occupés des progrès de la philosophie occupent la première place de ce premier de tous les siècles. Voilà, en peu de mots, le secret et le résultat de la poétique de madame de Stael. On voit que, par cet arrangement, et d'après la loi de *la perfectibilité progressive*, elle n'occupe pas un rang médiocre. Il est donc vrai qu'en croyant se livrer aux plus grandes méditations, les femmes reviennent, en dépit d'elles, à leurs habitudes journalières ! Elles se croient tellement destinées à tout vaincre dans la société, que cette aimable illusion passe jusques dans leurs écrits. Tant que cet instinct naturel se borne à chercher de nouveaux moyens de plaire, il est très-excusable et même intéressant : madame de Stael pourrait mieux qu'une autre faire sentir tout ce qu'on lui doit d'agrémens ; mais s'il change d'objet, s'il veut s'allier à l'esprit de secte et de faction, alors son charme disparaît, et le danger commence.

C'est sans doute pour voir de plus haut et de plus loin, que madame de Stael a pris une place si élevée. Mais quand on veut tout observer du point le plus éminent, il faut bien connaître la portée de sa vue ; et, dans un vaste horizon, tout s'obscurcit ou se déplace si elle manque de force, de précision et de netteté.

Une des plus singulières idées de son livre, est sans contredit la distinction qu'elle établit entre la littérature du Nord et celle du Midi. Le génie d'Ossian, si on l'en croit, préside à la première, c'est-à-dire, à celle des Anglais, des Allemands, des Danois, des Suédois, etc. Homère domine la seconde, qui comprend les ouvrages français, italiens, espagnols, etc. Ceux qui connaissent l'histoire littéraire n'ont pas été peu surpris de voir qu'on l'étudiât avec si peu d'application, quand on prétend l'approfondir. Et qu'on ne croie pas que ce jugement énoncé sur Ossian soit une de ces méprises involontaires qui échappent quelquefois dans un ouvrage de quelque étendue!... c'est une idée de prédilection; c'est une grande découverte qu'on croit avoir faite en littérature; c'est enfin la base d'une nouvelle poétique.

On n'ignore pas que les poëmes attribués au barde Ossian n'ont été découverts que dans ces derniers tems par l'anglais Macpherson. Ainsi, je le demande à madame de Stael, comment fait-elle remonter si haut l'influence d'un écrivain connu si tard? Comment n'a-t-elle pas senti la nécessité d'apprendre les faits avant d'établir des systêmes? L'imagination et l'esprit ne peuvent ici remplacer l'étude et la réflexion. Il est sans doute plus facile d'inventer, que de chercher les véritables causes qui jettent tant de diversité dans le goût de quelques nations voisines. Mais pour accréditer un paradoxe, il faut du moins lui donner quelque faux air de la vérité. Ce secret est connu; et les modèles, dans ce genre, ont été fort nombreux depuis cinquante ans. Se peut-il qu'au moment où l'on se vante des progrès de la philosophie, l'art du sophisme soit même dégénéré?

J'en demande pardon aux mânes d'Homère; mais,

mais, puisqu'on lui oppose le barde Ossian, il faut prouver que ce dernier poète, eût-il été connu depuis vingt siècles comme le premier, ne pouvait jamais partager son influence.

Je conçois que les chants attribués au fils de Fingal plaisent aux imaginations sensibles. Le début des élégies d'Ossian, car on peut donner ce nom à ses poëmes, s'empare toujours de l'ame et appelle la rêverie; mais on ne tarde pas à se fatiguer du retour éternel des mêmes sentimens et des mêmes tableaux, comme l'oreille, de la continuité des mêmes sons. Le fonds et les détails de ces complaintes ne varient jamais, et le goût ne peut les mettre en parallèle avec des ouvrages où se mêlent et se succèdent tous les genres de beautés et de sentimens.

Homère, né sous le plus beau ciel, disposant de la plus riche et de la plus souple de toutes les langues, instruit, par ses voyages, de toutes les traditions des différens peuples et de tous les arts de l'ancien monde, Homère put en quelque sorte reproduire dans ses écrits l'homme et l'univers entier. Il n'eut pas une seule couleur, il les eut toutes; il fut naïf, grand et varié comme la nature, qu'il saisit également dans ses traits les plus élevés et les plus gracieux. Que peut avoir de commun avec cet esprit unique et universel, un barde, relégué dans les rochers d'un pays sauvage, vivant au milieu d'un peuple étranger même à l'agriculture, ne voyant autour de lui que de la neige et des tempêtes, et ne connaissant d'autres monumens que les pierres élevées de loin en loin sur les tombeaux de ses ancêtres? Que dirait-on d'un voyageur qui, rapportant des forêts du Canada ou des îles de la mer du Sud, le souvenir de quelques airs simples et touchans, prétendrait égaler leur mérite aux chef-d'œuvres d'harmonie qui charment les oreilles les plus exercées de Naples et de Paris? Les anciens Pélasges avaient eu sans doute avant Homère des bardes ou des poètes du même genre; mais les Grecs ne les préféraient pas à l'Iliade, dans le siècle de Périclès.

L'uniformité des ouvrages d'Ossian tient à différentes causes; mais j'en crois voir la principale dans l'absence de toute idée religieuse, et celle-là devait être la moins remarquée. Je sais bien qu'on en tire une preuve frappante de l'authenticité de ces poëmes. En effet, si Macpherson avait voulu et pu tromper l'Europe, en lui donnant ses compositions au lieu de celles d'Ossian, il aurait imité les poésies des peuples sauvages que nous connaissons ; toutes sont pleines de la puissance des dieux ; toutes montrent l'homme dans la dépendance d'une force supérieure, et lui promettent des Tartares ou des Elysées. Ossian est le seul poète chez qui on ne trouve aucune notion semblable. Cette espèce de seconde vie qu'il donne à ses héros, en les plaçant après leur mort dans des palais de nuages, n'offre qu'un merveilleux assez triste et bientôt épuisé. Il peut amuser un moment l'imagination, mais il ne la nourrit point; il ne lui offre aucun point de vue consolant ; il n'est susceptible d'aucune variété ; il est sombre comme les nuits de l'hiver, et resserré comme les horizons chargés de brouillards que peint le chantre de Trenmor et de Fingal. Ces jeux fantastiques, ces courses des ombres au milieu des tourbillons et des orages, ressemblent trop au néant, pour que l'ame se repose et s'étende avec quelque charme dans un avenir aussi désert, où rien n'a de la consistance et de la réalité.

Ossian m'attendrit sans doute, quand il me conduit aux tombeaux de ses pères, mais il faut qu'une divinité veille autour des tombeaux pour leur donner plus d'intérêt et les rendre sacrés. Comparez alors les idées du barde, privé de ce grand ressort du pathétique et du merveilleux, aux mythologies vivantes et animées des autres peuples, vous verrez que, malgré la douleur dont son ame paraît pleine, il n'a qu'une forme pour l'exprimer ; qu'il est contraint à chaque instant de se copier lui-même ; qu'il ne fait que se lamenter sans espérance, et que, ne mêlant jamais à la mort les perspectives heureuses d'un monde futur, il n'a nul moyen réel d'embellir et d'élever les destinées de l'homme à ses propres yeux.

C'est pourtant à ce but que doit tendre tout poète qui veut long-tems charmer le plus grand nombre de lecteurs. Mais comment y parviendra-t-il sans l'intervention des intelligences célestes et amies de la nature humaine ? Ainsi, l'idée d'un Dieu peut seule féconder les arts, comme elle anime le spectacle de la nature.

C'est une grande erreur de croire, avec madame de Stael, que les peuples du Nord sont plus sensibles et plus mélancoliques que les peuples du Midi. Tous les faits déposent contre cette assertion. Les poésies les plus mélancoliques ont été composées, il y a plus de trois mille ans, par l'arabe Job, qui vivait sous un climat brûlant : les plaintes qu'il faisait entendre sous le palmier du désert, accompagnent encore les funérailles des peuples chrétiens et retentissent sur leurs tombeaux (1). Le mélancolique Virgile se plaisait à rêver dans les environs de Naples, et le vers élégiaque ne fut jamais si attendrissant que lorsqu'il fut composé par Tibulle, dans le climat voluptueux de l'Italie. Les arts ne vont point du Nord au Midi, mais du Midi au Nord. Les peuples septentrionaux n'ont fait qu'exagérer très-souvent les défauts de la poésie orientale, qu'ils ont connue par l'établissement de la religion chrétienne. Les poètes qui naquirent dans les pays où dominaient Luther et Calvin, durent, plus souvent que les poètes catholiques, chercher des sujets dans les livres hébreux. L'autorité ecclésiastique ne les gênait point dans ce choix; ils lisaient, ils expliquaient, ils employaient avec plus d'indépendance les annales et les croyances religieuses. La discipline de l'église romaine ne permit guère qu'aux orateurs sacrés l'emploi des richesses poétiques du christianisme; mais elles appartinrent de droit à tous les poètes de l'église nou-

(1) Voltaire aimait beaucoup le poëme de *Job*, et voulait l'imiter en vers dans sa vieillesse.

velle. Qu'on examine avec attention et sans préjugé Milton, Young, Klopstok, Shakespear lui-même, on verra que ces auteurs sont plus ou moins empreints du caractère des poésies hébraïques. Un barde ignoré onze cents ans dans les montagnes d'Ecosse, n'a point formé les poètes que je viens de nommer. Il serait presque aussi raisonnable de soutenir que la vieille chanson de Roland et les airs de Thibaud, comte de Champagne, ont créé Corneille et Racine. D'ailleurs, qu'on me permette cette expression, il y a bien plus de cordes à la harpe de David et d'Isaïe qu'à celle d'Ossian.

Mais les poètes du Nord, en imitant ceux du Midi, ne se donnent-ils pas souvent une chaleur factice, un délire artificiel? L'enthousiasme n'est-il pas remplacé par des convulsions? Au lieu d'une mélancolie attendrissante, n'y trouve-t-on pas une tristesse monotone?

L'examen de la poésie anglaise et de la poésie allemande, imitée de la première, fournirait un article assez curieux. On serait étonné peut-être de voir que la renommée de Shakespear ne s'est si fort accrue en Angleterre même, que depuis les éloges de Voltaire. Ce dernier se repentit dans sa vieillesse d'avoir enhardi le *mauvais goût* à placer le *monstre*, comme il l'appelait, sur les autels de Sophocle et de Racine.

Mais c'est trop de combats à soutenir en même-tems. On ne doit pas attirer la colère des admirateurs de Shakespear, de Schiller, d'Island, de Koetzbue, quand il faut soutenir celle des partisans de madame de Stael. Depuis un mois, des éloges convenus et dictés se multiplient de toutes parts en sa faveur; et, dans un certain parti, la supériorité de son livre est d'autant mieux reconnue, qu'on a mieux démontré l'inexactitude des notions et des jugemens qu'il renferme.

Madame de Stael a confondu tant de choses, elle effleure une si grande multitude d'objets, qu'on pourra choisir encore, si l'occasion s'en présente, d'autres textes de son ouvrage pour s'entretenir avec elle. Elle a traité le siècle de Louis XIV presque avec la même légéreté que la Grèce; et je crains bien que, comme madame de Sévigné, elle aime fort peu Racine. On promet de comparer son chapitre sur le christianisme, aux fragmens d'un ouvrage inédit sur un sujet semblable. On remplira cet engagement, lorsque les opinions littéraires les plus innocentes ne seront plus traitées comme des affaires d'état. D'ailleurs, il faut se borner.

Trop de critique entraîne trop d'ennui.

Le style de madame de Stael a quelquefois de l'élévation et de l'éclat : on en connaît les défauts. Le naturel, la clarté, la souplesse, la variété ne s'y montrent pas aussi souvent qu'on aurait droit de l'attendre d'un esprit qui jette tant d'éclairs dans la conversation; cela prouve que l'art de parler et l'art d'écrire sont très-différens.

Les conversations brillantes vivent de saillies, les bons livres de méditations. Quand on se trouve au milieu d'un cercle, il faut l'éblouir et non l'éclairer. On demande alors aux paroles plus de mouvement que de justesse, plus d'effet que de vérité; on leur permet tout, jusqu'à la folie ; car elles s'envolent avec les jeux qui les font naître, et ne laissent plus de traces. Mais un livre est une affaire sérieuse : il reste à jamais pour accuser ou défendre son auteur; ce n'est plus à la fantaisie, c'est à la raison qu'il faut obéir, et ce qu'on peut dire avec grace ne peut toujours s'écrire avec succès.

Voilà ce qui explique les irrégularités qu'on a relevées dans l'ouvrage de madame de Stael. En écrivant, elle croyait converser encore. Ceux qui l'écoutent ne cessent de l'applaudir : je ne l'entendais point quand je l'ai critiquée ; si j'avais eu cet avantage, mon jugement eût été moins sévère, et j'aurais été plus heureux.

Nota. Cette *Réfutation*, fort supérieure à l'ouvrage de madame de Stael, est attribuée à M. Fontanes.

FIN.

~~[illegible]~~ 11 [illegible]

[illegible] 9.14

~~[illegible]~~

[illegible]

[illegible]

[illegible] 10

[illegible]

www.ingramcontent.com/pod-product-compliance
Ingram Content Group UK Ltd.
Pitfield, Milton Keynes, MK11 3LW, UK
UKHW020342220726
13923UKWH00004B/1533

9 782019 477806